AF130993

DU MÊME AUTEUR

Livres photo :

Bretagne Sud, presqu' Ile de Quiberon, BoD, 2017.
Le potager de Suzanne, BoD, 2017.
Balade sur la Côte d'Emeraude, BoD, 2017,
Les doris sur la Rance, BoD, 2017.
Les grands voiliers au Havre, BoD, 2017.
Le Pibroc'h de Cancale, BoD, 2017.
La marine fluviale à Orléans, BoD, 2017.
Une bisquine à Cancale, BoD, 2017.
Vivre à Mayenne, BoD, 2017.
Laval, le jour et la nuit, BoD, 2017.
L' âme des arbres, BoD, 2018.

Nouvelles :

Le cabinet noir de River City, BoD, 2018.
Un corbeau plane sur la ville, BoD, 2018.
Insurrection à River Citry, BoD, 2019.

La presse française fait preuve d'une partialité révoltante et ne traite jamais que les mêmes sujets : les hommes, politiques et les autres criminels.

Boris Vian.

Les interviews exclusives de
Madame Cyber-Ubu

Farce

Messieurs, nous établirons un impôt de dix pour cent sur la propriété, un autre sur le commerce et l'industrie, et un troisième sur les mariages et un quatrième sur les décès, de quinze francs chacun.

Alfred Jarry, Ubu Roi.

Madame Cyber-Ubu

Astrologue internationale, ex-conseillère en communication de Monsieur Cyber-Ubu. Décorée de l'ordre du mérite des Dames Patronnesses du pays de la Butte, journaleuse des feuilles à trois francs six sous.

Monsieur Cyber-Ubu

Créateur et Président de l'Ordre de la Grande Notabilis Nomentaklura, membre honoraire de la confrérie des Andouilles Véritables, Président des seigneuries des Hautes Buttes.

Madame Cyber-Ubu : il paraît, d'après des bruits qui courent, que vous êtes à l'origine d'une organisation très secrète !

Monsieur Cyber-Ubu : effectivement, de par mon esprit élevé, je suis le talentueux Président de l'Ordre de la Grande Notabilis Nomenklatura, j'ai créé cette société l'an dernier en m'inspirant de l' Ordre de la Confrérie des Faiseurs de Nouveaux Mondes.

– Mais qu'est-ce donc ?

Le but de mon organisation est de posséder la carte globale du Monde, la carte de tous les flux telluriques, en connexion avec les flux inter-sidéraux, et à partir de là, de découvrir l'Umbilicus Telluris, le Centre du Monde, l'Origine du Commandement.

– Mais dans quel but ?

En détenant la carte globale des courants, je pourrais devenir le maître de la planète toute entière, et m'enrichir de manière infinie avec mes transses-nationales !

– Comment fait-on pour y entrer dans votre confrérie des FNM ?

Étant donné le caractère particulièrement élevé, au

niveau intellectuel, de mon ordre, il faut avoir des références éclatantes et de très bonnes relations avec la société d'aujourd'hui. Toutefois, comme nous ne sommes pas élitiste pour un sou, les personnes saines d' esprit peuvent poser leurs candidatures avec un chèque de 2000 euros pour frais de dossier.

> ### – Comment ce projet grandiose vous ai venu à l'esprit ?

J'étais assis au sommet d'une butte, mon esprit s'est mis à flotter, une lumière a jailli, j'ai eu la vision, et j'ai repris un coup de champ ! Puis-je vous poser une question chère Madame ?

> ### – Faites donc !

Vous qui êtes astrologue internationale, que voyez-vous comme courants telluriques pour ces prochains mois, qui pourraient m'être favorables dans mon ascension sociale ?

Madame Cyber-Ubu :

Je vois des ouvertures à tous les niveaux vous concernant, vous vous lancez dans une grande aventure, vous aurez des sommets à gravir, la lumière sera au bout ! Vous aurez de grands projets, je vois une ligne à vitesse fulgurante sur votre territoire de la ruralité, des cybers bureaux de poste multi-services ouverts toute la semaine et 24h/24, des piscines au milieu des places, des métros, des boîtes de nuit, des buttes plus hautes avec de la neige, des lignes THT, des casinos, des défilés de mode, des festivals de jazz, des expos photo, la mer à la campagne, des ports, des paquebots, une autoroute, un aéroport, une usine nuckléaire...

Madame Cyber-Ubu : il paraît Monsieur Cyber-Ubu, que vous êtes l'auteur de citations on ne peut plus transcendantes !

Je suis effectivement un très grand penseur, et reconnu comme tel aux quatre coins de la planète, je suis l'auteur de textes pas piqué des hannetons qui ont fait le tour des brousses :

Il vaut mieux avoir des maîtresses à fesser que des maîtres à penser !

Il neigera certains jours et d'autres jours il fera plutôt pluvieux !

Du haut de ma haute butte, j'aperçois l'horizon de ma destinée !

Quand la caravane passe, les blaireaux ne sont jamais très loin !

La mer monte, la plage est sous nos pieds !

A la conservation des haricots, il faut préférer le mouvement des poireaux !

L'ordre est rustre !

Quand les notables vont au cul des vaches, les journaleux vont au cul des notables !

La médiocrité assumée est le gage de toute victoire populiste-électoraliste !

Quand tout deviens possible pour la Fransse, c'est bon pour mes phynances !

Face aux extrémismes, il faut préférer l'alignement des petits pois à ceux des topinambours !

La politique c'est pas seulement la conquête du pouvoir, c'est également l'art de conserver son fauteuil et de passer au canapé !

L'art peut nous rassembler et nous faire comprendre la métaphysique des cocotiers !

Première mondiale : monsieur Cyber-Ubu branche sa Tempomobile sur la THT ! Madame Cyber-Ubu : mais de quoi retourne exactement votre nouvelle et prodigieuse invention ?

De par ma haute autorité intellectuelle et morale, je compte saisir l' opportunité de l'installation dans nos vertes prairies de la Turlutte Haute Traction, j'ai équipé ma super caisse d'un accumulateur d'énergie de type TREND (Transcodeur Electro Nucléaire de mes Deux) qui dispose d'un démodulateur en version CHMOD. Avec la THT, je vais pouvoir assurer le plein d'énergie supraluminique en moins de dix secondes, de manière a charger à donf mes deux jumbos-réacteurs rétractables pour les survols inter-continentaux ! Plus besoin de payer aux péages d'autoroutes privatisés par sa seigneurie Devillecourt, je passe par-dessus à tout zingue, je peux même, bordel, atteindre la stratosphère !

– **Comment avez-vous trouvé ce genre de matos ?**

De par mes nombreuses relations, en tant que Président de la Grande Notabilis Nomentaklura.

– **Pourtant la THT n'est pas encore installée dans le coin ?**

De par mes infos, la ligne a déjà été installée, elle passe dans mes champs en sous-terrain, je touche des taxes en compensation. On fait croire que ce n'est pas encore fait, çà occupe la galerie ! S'il fallait prendre en compte continuellement les desiderata des quidams et autres blaireaux, on n'avancerait jamais ! Ce qui importe, d'une manière fondamentale, c'est l'avancement perpétuel du progrès technique, de l'innovation [excellent moyen d'imposer de nouvelles taxes] dans la plénitude et la félicité.

- **Mais quelle est donc la motivation profonde du grand génie que vous êtes ?**

J'ai passé un contrat [juteux] avec une transse-nationale spécialisée dans le commerce interplanétaire des andouilles synthétiques, une telle innovation va être médiatisée dans tous les médias à travers la planète, autant en retirer un maximum de billes !

- **Et comment, Monsieur le Grand penseur, cette géniale et merveilleuse idée vous ai venu à l'esprit ?**

J'étais assis au sommet d'une butte, le soleil se couchait à l'horizon de ma destinée, des oiseaux migrateurs zébraient le ciel, le vent était léger et joyeux, des chiens aboyaient dans le lointain, je sentais la terre respirer et tourner lentement autour de mon cul, j'étais en symbiose. Et soudain, j'ai vu passer une caravane, elle s'en allait vers le midi, la Méditerranée... Mon esprit est entré en fusion, une lumière intense m'est apparu, j'ai eu la vision !

Innovation technique internationale : monsieur Cyber-Ubu invente le Contrat pour Bosser sans être Payé. Madame Cyber-Ubu : mais de quoi retourne exactement votre nouveau et génial projet, le CPBP ?

Monsieur Cyber-Ubu : de par ma bouteille de muscadet,

je compte saisir l'opportunité des mouvements sociaux pour mettre en avant mon génie politique, d'autant plus que les Eurokhéennes se pointent à l'horizon de ma destinée, qui est sans limite aucune pour le bien-être de l'humanité et notamment pour le jeune !

Mon CPBP va permettre a tous les djeuns de trouver du taf sans problème et à tout moment ! C'est une avancée considérable dans l'égalité des chances, mettant ainsi en avant mon profond attachement aux valeurs de la Républik. Avec un tel système, la croissance va repartir sur les chapeaux de roues, une véritable fusée, on va faire plus fort que les chinois et les hindous, nous allons prendre la tête des pays riches !

- **Qu'entendez-vous par « bien-être de l'humanité » ?**

Faire fructifier au maximum l'économie de mon pays! [mes actions au casino de la bourse, avec une croissance en flèche, çà va dépoter à puissance 1000, ma fortune est assurée !].

- **Comment çà fonctionne ?**

Pour une éventuelle embauche immédiate, le djeun m'envoie une demande à mon groupe international [Margoulins Associés & Compagnie de mes deux] par courrier, en y joignant une enveloppe timbrée pour une éventuelle réponse, plus un chèque de 100 euros pour frais de dossier, et pour toutes infos complémentaires, j'ai un numéro spécial, le 0800 800 800 800 000 (0,50 euros/seconde seulement, connexion minimale de 15 mn, afin d'obtenir toutes les infos).

> **— Et comment cette idée géniale vous ai venu à votre esprit ?**

J' étais assis sur une butte, au fin fonds de la brousse, des avions de chasse super-soniques jouaient à cache-cache avec mes impôts, le soleil était léger et printanier, je sentais la terre vibrer, j'étais en harmonie avec le cosmos, soudain, j'ai vu passer une manif, elle s'en allait vers le midi... Pour m'en remettre, je suis parti illico à Los Angelesse boire un coup de champ !

Première mondiale : monsieur Cyber-Ubu se présente de lui-même aux Eurokhéennes ! Madame Cyber-Ubu : mais quelle est donc la motivation profonde du génie que vous êtes ? Pourquoi vous présentez-vous ?

Bordel de queue de vache ! Cela s'impose à ma haute conscience ! Je ne peux pas faire autrement, le pays a besoin qu'on lui donne un nouveau souffle. Seul un pionnier, un sauveur, un chevalier blanc, peut y parvenir. Je suis celui-là ! Je suis de par moi-même l'horizon de ma destinée. Je vais vous sortir de cette républik noire et absolutiste, en pleine décomposition, ne sentez vous pas comme un forte odeur de merdre depuis quelque temps !

Ma démarche est purement éthique, j'en appelle à la sécurité nationale [à l'intérêt de mon compte en banque, à mes cumuls de cumulard], à la republik du respect, à la valeur travail [mettons tous les glandus de feignasses qui touche des minimas sociaux aux travaux forcés], à l'excellence des avirons, à la démocratie participative [de mes deux].
À la dispute, à la rumeur, à la calomnie, aux entourloupes, aux coups tordus, aux misérables machinations des officines de l'ombre, à la bassesse des apprentis comploteurs, aux esprits de caniveaux, aux cris des corbeaux, il faut faire place à l'ordre rustre et à la raison raisonnée de ma conscience !
Ma conduite, je vous l'affirme avec la plus grande assurance, ne sera jamais compromise par la dictature de la rumeur et de la calomnie. Mon exigence, est celle de faire entrer le pays dans le Grand Monde de ma destinée, pour la paix éternelle et avec la grâce des tourterelles. Je vais construire à moi tout seul, le pays de demain, et le faire pénétrer bien profond par le Grand Monde !

Il faut reprendre l'offensive, sortir de la tranchée. J'ai entendu un appel, j'ai perçu un signe, mon devoir est de vous sortir du gouffre empuanti, de la déliquescence. Sauver le pays, en être le centre, le point vital, le concept des concepts, l'essence, le hiéroglyphe des temps futurs, le nœud de toutes les convergences, la félicité, la vérité, la lumineuse transparence : voilà mon destin !

Je vais conduire le pays hors des ténèbres, du chaos, vers la promesse enchanteresse de jours meilleurs, illuminés par ma sagesse, mon aura et ma science.

Je suis le porteur d'eau de cette Avalon merveilleux qui s'annonce avec ma providentielle candidature ! A la démocratie agenouillée devant les sondes de masse, le représente l'Alpha et l'Oméga, le référent ultime, le point nodal, l'ombrilicus, le tellurium, la vérité révélée, l'élément moteur, l'incontournable valeur esprit du réenchantement, la porte de toutes les auto-réalisations individuelles, la révolution de tous les possibles [notamment pour mon compte en banque et mes nombreux placements dans les paradis fiscaux].

Madame Cyber-Ubu : quelles sont vos valeurs, quel est donc, de par votre logiciel mental réenchanté, votre fabuleux programme ?

En exclusivité, je vous dévoile mon cyber-programme, celui du Nouveau Monde réenchanté :

Une grande fête à Paname avec tous les grands artistes internationaux, de manière à mettre en avant le prestige et la notoriété de la France à travers le Grand Monde ; vernissage avec champagne à flot et caviar par tonneaux , le tout inauguré de par la présence de mon aura et sous les spots de toutes les chaînes de la planète. Dans les brousses, les cultureux-patentés, cireurs de pompes invétérés de tous les pouvoirs en place et de tous les cumulards népotistes, n'auront qu'à continuer des expos en esclavagisant les créateurs locaux, en les payant avec de la visibilité, avec des papiers dans les feuilles de chou. Étant futur résidant du Haut-Château Eurokhéen, le nec le plus ultra restera à Paname, lieu de mon pouvoir divin, avec ma très haute direction artistique et auréolée de ma magnificence et absolue transcendance.

Une usine nukléaire équipée d'une Turlutte Haute Traction dernière génération, avec inauguration par les marquis des Hauts-Châteaux locaux, le tout chapeauté par mon étincelante autorité et ma très sainte bénédiction. Si çà bloque , je vous demande, Madame, de bien préciser haut et fort que les propriétaires de terrain autour de la centrale seront largement indemnisés pour compenser la perte de leurs bétails [Le consortium nukléaire se charge du reste : achat de pleines pages de pub sur les torchons, matraquage de spots bien racoleurs et bien vicieux sur toutes les chaînes de décervelage. Et en supplément : mise sur écoute de tous les meneurs, procédures d'intimidation à leur encontre, police de l'ombre à leur cul, utilisation de nos cyber-barbouzes les plus tordus et les plus demeurés afin de leur pourrir la vie et les rendre fous].

Dans l'intérêt de la Fransse : mettre la justice au service de mon pouvoir afin de protéger l'élite du pays, élite de jour comme de nuit, au service de tous [bande de blaireaux incultes].

Amnistier tous mes fidèles amis, victimes de sordides machinations politiques et faussement impliqués dans des histoires d'emplois fictifs, de caisses noires, de détournements de fonds publics, de goudronnage de cours de notables grégaires, de népotisme en tous genres, j'en passe des meilleures et des bien pourries.

Autoriser tous les programmes, en plein champ, d'organismes génétiquement biscornus, afin de permettre à mes amis des transses-nationales de s'assurer la mainmise sur le vivant et la conquête des marchés internationaux et intergalactiques [c'est la moindre des choses, ces Messieurs m'arrosent en continu : billets d'avion, concerts gratuits, caisses de pinard millésimé, invitations dans les hôtelleries étoilées , séjours de vacances aux quatre coins de la planète...].

Assurer la sécurité de la pensée, il nous faut un ordre rustre, une police de la pensée, il faut nettoyer le net, mettre à bas de manière définitive toute cette multitude anarchiste de sites gauchistes, sites de débauchés qui menacent l'ordre établi, site qui polluent l'esprit des blaireaux d'en bas, si bien habitués à s'auto-aliéner avec les feuilles de chou [qui sont à notre botte]. Il faut faire vite et voter une loi bien vicelarde de certification des blogs, seuls les journaleux encartés pourront continuer à exercer [en cirant nos bottes], c'est le seul moyen de garantir l'authenticité et la déontologie rampante. D'autant que les blogueurs dissidents pestiférés, osent s'en prendre aux monarques béni-oui-ouistes, et autres seigneurs des petits et hauts-châteaux, qui tiennent les citadelles ad vitam æternam , sous mon contrôle et ma haute autorité, avec la bénédiction des médias de masse et de tous les torches cul pétainistes.

Placer tous ces voyous de gauchistes avec les délinquants des banlieues dans des camps militaires [de manière à être peinard à gérer mes phynances au bord de ma piscine dans ma résidence secondaire au Maroc].

Privatiser l'école publique et tout ce qui reste à mettre sur le marché comme l'hôpital public et autres coûteuses organisations entre les mains d'anarcho-syndicalistes.

Madame Cyber-Ubu : avec un programme aussi duraille [espèce de gros con de tyran !], vous allez nous faire tous cornus jusqu'au cul !

Restez dans la courtoisie que vous devez à ma majesté, Chère Madame [de mon cul !], autrement je vais vous envoyer mes escadrons de nazes de barbouzards qui vont conduiront tout droit au bûcher ! Votre rôle en tant que journaleuse [de mes deux!] est d' être le relais de mon beau discours, de me mettre en valeur, et ce, de manière perpétuelle, et avec la plus grande amabilité et servilité, c'est votre destin [de glandue] ; personne ne vous demande de penser, nous pensons à votre place !

Madame Cyber-Ubu : quelle est votre majesté [Monsieur le Gros con de naze de chez les nazes] le slogan de votre campagne ? Comment va se dérouler votre magnifique campagne de communication ?

J'ai un livre qui va sortir incessamment sous peu, avec le titre génial : L' Ordre Rustre, autrement j'ai des nègres qui vont s'occuper de mettre en ligne un blog responsif-interactif intitulé : Désirs de moi-même ! Çà va donner à donf. Ce qui compte pour moi avant tout, et c'est bien entendu primordial, c'est d'assurer l'intérêt des Franssais [des sans-dents et autres blaireaux]. Avec comme slogan pour ma campagne : Monsieur Cyber-Ubu, l'Homme qui va sauver la Fransse ! [Votez Cyber-Ubu : c'est l'assurance de l'avoir dans le cul ! Et bien profond !].

Madame Cyber-Ubu : qu' entendez-vous par « intérêt de tous les Franssais » votre majesté [espèce de pourriture] ?

De par ma haute conscience et mon immense culture, je compte bien assurer la meilleure place de la Fransse dans le Cyber-Monde de la globalisation [de mes intérêts], de manière à permettre le plein épanouissement social et culturel à tous les Franssais [du caque 40]. Je vais de par mon génie réformer la Fransse et développer l'aptitude chez tous les Franssais à participer, tous ensemble, à notre intérêt à tous ! C'est mon destin !

Madame Cyber-Ubu : qu'entendez-vous plus précisément votre majesté [de mon cul!] par réformer !

Nous sommes dans le Nouveau Monde, il faut construire le chemin qui fera entrer la Fransse de toujours dans le monde de demain, celui du village global, du post-industrialisme, le monde de l'information-connaissance, le trans-humanisme, eldorado scintillant des myriades de paillettes de silicium binaire, la possibilité offerte à tous d'épanouir sa pensée créatrice, d'entrer dans une nouvelle conscience planétaire [Mettre tous les blaireaux au plein service du capital au détriment de leurs vies et avec leur aptitude à se faire entuber. Quand il s'agit des big boss des transses-nationales et des gros actionnaires avec domiciliation offshore, il ne peut y avoir qu'une poignée d'entubeurs à profiter du système].

Madame Cyber-Ubu : votre super programme [de mon cul !] ne risque t-il pas de provoquer une augmentation considérable de rémistes ?

Il faut savoir s'adapter aux réalités d'aujourd'hui, je suis le seul à permettre à tout un chacun de s'en sortir par le haut, mon programme va dynamiser l' économie vers une Kroissance phénoménale ! Je vous en fais le serment : je ne vous laisserais pas sur le carreau, la démokratie irréprochable, la Fransse qui se bat, la Fransse qui se relève et qui met à bas tous les extrémismes : c'est moi ! [bande de neux-neux que vous êtes!].

Madame Cyber-Ubu : vous ne craignez pas des mouvements sociaux ? il y a des dissidents-blogueurs qui considèrent que vous méprisez les gens d'en bas !

Ce n'est que pure diffamation, bien entendu, et si mon cultureu-patenté, socio-récupérateur de contestataires, avec ses flatteries putassières, ne parviens pas à mettre les grandes gueules dans ma poche, je vais passer à la vitesse supérieure. Comme je l'ai déjà précisé, je vais leur mettre dans les pattes, à ces empêcheurs de tourner en rond, ma milice de cyber-barbouzes, ils vont s'occuper de ces saletés de gauchos, de feignasses, de bon à rien, qui se permettent d'embrigader les braves gens de mon Brave New World, en polluant leurs esprits avec leurs idéologies archaïques, l'Ordre Rustre doit régner partout et pour tous. Je vous l'affirme, la modernité, c'est moi ! Je suis la rupture incarnée, un Monde Nouveau va s'ouvrir, et tout un chacun va en profiter. La plupart d'ailleurs ne me diront pas merci, ce qui vous en conviendrez est un comble !
Je vous le dis, du haut de ma haute butte, nous allons tenir debout tous ensemble autour de mes valeurs qui nous rassemblent, je vais de par ma prescience et mon alchimie lumineuse, relancer la Kroissance à un tel niveau, que chaque homme de ce pays pourra accéder à un emploi avec lequel il pourra faire le plein d'essence et se payer une boite de haricots [Vous irez pointer à l'ANPHEU bande d'analphabètes!].

Madame Cyber-Ubu : une fois au pouvoir [puissiez-vous aller en enfer, espèce de gros con de naze], quelle va être votre première et magnifique action ?

De par mon expérience dans le privé, et le sens des affaires qui m'est inné, je vais [espèce de bourrique] supprimé tous les impôts sur les milliardaires ; il est plus que temps que notre élite puisse enfin s'installer et vivre décemment en Fransse comme tout un chacun. Cette mesure aura bien entendue des retombées considérables sur toute l'économie, cela va créer un effet d'entraînement, cela va attirer tous les ultras-riches de la planète, la phynance va s'amplifier [dans nos poches, on va se payer des châteaux en Espagne].

Ne risquez-vous pas, votre seigneurie des Hautes Buttes [de mes deux], de vous emmêler les avirons avec toutes les casseroles que vous traînez depuis des décennies ? [Tu peux ouvrir un musée avec, espèce de pourri!].

Sachez Madame [je vais la faire mettre aux fers cette pouffiasse] que tout cela est d'une complexité extraordinaire [ce n'est pas le moins du monde à la portée de cette journaleuse, qui a des pois à la place des neurones, quand on est abonné à la connerie, c'est pour la vie!]. Je ne suis que la victime, le bouc émissaire, d'une infamante instrumentalisation, vilainement ourdie envers ma personne, il n'y a rien de crédible, rien de fiable dans toute cette cassolade ! Ce mauvais procès n'est qu'un pitoyable salmigondis abracadabrantesque dépourvu de tout fondement, c'est tout juste bon pour faire pédaler en rond un grégaire sur sa cour goudronnée à l'œil, çà ne me concerne en aucune façon !

Toute ma démarche est habitée par le souci constant de la clarté dans les affaires et par la volonté d'une moralisation des bisbilles en tout genre qui pourrissent notre républik, croyez le bien, du haut de ma haute butte, je suis bien loin de toute cette soupe aux lardons !

Madame Cyber-Ubu : vous avez pourtant une grosse casserole avec cette histoire de prise illégale d'intérêt dans des marchés publics, de plus, vous avez accordé des commandes à une société qui se trouve être celle d'un membre de votre famille, votre bourgeoise y est mêlée jusqu'à la culotte !

Ce n'est que pur complot, pure machination diabolique, pour m'empêcher d'accéder au pouvoir suprême, il y a des gros lourds de cumulards, au cul-de-plomb, qui sont vissés sur des fauteuils depuis le siècle dernier et qui ne voient pas d'un bon œil ma montée en puissance dans cette campagne [une fois au pouvoir, je vais virer prestement tous ces malotrus et placer mes fidèles glandus]. Dans mon système, c'est tout à fait normal ce genre de pratiques, on peut donner des coups de pouce à sa femme, ça va de soi, quand un marché est voté, de nombreuses sociétés en profitent rubis sur l'ongle, quoi de plus logique que de remercier ma wife avec un poste bien rémunéré, tout le monde le fait !

Madame Cyber-Ubu : votre concurrent est très présent sur les feuilles, on ne voit que lui, les feuilles à patates vont jusqu'à boucher les trous avec sa glose de tueur professionnel de la politik !

Celui-là, je m' demande comment il a fait pour être élu de la Réunion des Hautes Buttes ! Il a les dents assez longues pour rayer les parquets ! Sa démagogie populiste est sans limite, si les singes votaient, il se mettrait a avaler des cacahuètes ! Concernant mon aura, pas assez présente sur les feuilles, je vais régler le problème incessamment sous peu, ma chargée de com est une nullasse, c'est une ex rampante des feuilles, je vais la virer [l'envoyer au goulag en rééducation] et en prendre une autre, dans le genre nouvelle génération avec un mastère de marketing, çà devrait dépoter un max !

Madame Cyber-Ubu : vos autres concurrents cartonnent également dans les sondes des masses, votre victoire n'est pas encore assurée ! [Monsieur du con de la butte !].

Taisez-vous Madame [espèce de bourrique!], je contrôle une bonne partie des sondes de masse, j'ai des blaireaux à la tête des groupes de feuilles et j'ai une copine présidente de la Cévipoffe. Vous êtes payé pour me dénigrer, vous êtes un agent des Kommunists ? De la Scéhia ? Si vous continuez, je vais instruire un procès contre vous pour atteinte à la sûreté de mon état, vous irez brûler sur un tas de fagots ! [Espèce de gourde-glandue !].
Ma campagne va prendre une nouvelle dimension, je vais

lancer une opération spéciale, çà va pulser à nouveau dans les sondes de masse. J'ai créé un groupe, les « Gidouilles Girls », elles vont être présentes en tenue de majorette, tous les samedis à l'entrée des surfaces de masse, pour distribuer ma feuille de campagne, plus un bulletin de jeu :

Premier prix : un voyage gratuit au pays des Andouilles.
Deuxième prix : une invitation au restaurant de la Trique.
Troisième prix : goudronnage gratuit de votre cour.

J'ai également prévu des voyages à travers le monde afin d'asseoir ma dimension internationale, autrement, je vous pris de bien prendre note de mes vœux pour la nouvelle année et de faire suivre sur toutes les feuilles :

« Je veux une nouvelle Républik, la Fransse aux franssais, j'ai votre confiance, nous allons ensemble, de par mon esprit éclairé, assurer le plein-emploi et le bonheur dans toutes les brousses. Tout est de nouveau possible ! Je veux le progrès, des lignes Turluttes, des usines nukléaires, la finalisation de l'aplanissement des buttes, des plaines sans fin, des piscines dans les centre-villes. Je suis le porteur d'eau de votre idéal et de vos succès mirifiques, en vérité, je vous le dis, tout va changer avec ma victoire qui sera avant tout la vôtre ! » [A la conservation des haricots, je vous apporte le mouvement des poireaux, tout pour ma pomme bande de blaireaux!].

Madame Cyber-Ubu : comment faites-vous, le génie que vous êtes pour financer ces merveilleuses animations ?

J'utilise toutes les économies que j'ai faites durant tant d'années en travaillant si durement pour la Fransse [avec un coup de pouce de killers des transses-nationales, des organismes biscornus et des nukléopates].

Madame Cyber-Ubu : les glaces fondent, la mer monte, que comptez-vous faire pour régler ce problème ?

Comme je le dis toujours, de par l'expérience de mon habitus méga-dimensionnel, faut voir le côté positif, c'est une question de bon sens, avec la mer qui monte, les habitants des buttes auront moins loin pour aller à la plage en été [je vais vendre ma villa à Kankale avant que le marché s'effondre ! Bordel de balai à queue!].

Madame Cyber-Ubu : et concernant le problème des Esses-dé-effes, vous faites quoi ? [monsieur le gros con].

Je vais créer, à la périphérie des villes, des campings immenses avec des millions de toiles de toutes les couleurs, tout un chacun qui n' a pas de cahute pourra ainsi se protéger de la pluie [toutes ces feignasses, ces bons à rien, ces assistés, ces drogués et autres prostitués, qui polluent les centre-villes de nos belles cités d'art et d'histoire, on va les virer à coups de pied au cul : il y va de notre notoriété, de notre prestige et de nos fauteuils!].

Madame Cyber-Ubu : êtes-vous pour le cumul des mandatures, Monsieur le Génie de la politik ?

Bien entendu, je suis pour ! Une fois élu Résident de la Réunion des Hautes Buttes de l' Eurokh, je compte conserver toutes mes casquettes, vu le mal que je me suis donné pour les avoir, je ne vais pas les laisser aux jeunes crétins d'arrivistes qui me collent aux baskets.

Dans tous les cas, il vaut mieux que les pouvoirs soient concentrés entre les mains d'un homme hyper compétent comme moi, plutôt que disséminés chez des hurluberlus d'élus, qui se font élire, on se demande comment ! Quant on a des pois à la place des neurones, on vient pas nous emmerder en politik, on se contente de planter des poireaux.

Madame Cyber-Ubu : quel est votre patrimoine ? Il paraît que vous payez de l'hi-essèfe !

Et oui, je suis malheureusement assujetti à l'impôt sur les grosses fortunes. Pourtant, je n'ai que le minimum vital pour mon train de vie, quelques cahutes à droite et à gauche pour mes vacances, une bistrine pour ranger mes outils, une loge pour ma Porsche, quelques stocks options, pas de quoi en faire des histoires !

Faut pas pousser pépé au ruisseau, bordel de corne à cul !
D'ailleurs, à peine élu, dès potron-minet, je vais
supprimer cet impôt injuste qui pénalise l'élite que nous
sommes, je vais le remplacer par des taxes pour toute la
populace, la justice fiscale sera ainsi rétablie.

**Madame Cyber-Ubu : vous dites souvent qu'avec
vous, tout va devenir possible dans la Républik,
qu'est-ce à dire ? [Espèce de guignol bonapartiste
de mes deux !].**

Avec ma prescience, mon aura, ma notoriété, tout va en
effet devenir possible, de manière à entrer dans l'ère de
l'ordre juste, de la Républik du respect, de l'égalité pour
tous, de l'économie de la globalisation ! [je vais
supprimer le peu de services publics qui restent, interdire
les grèves, supprimer le smic, supprimer les indemnités
chômage, mettre aux travaux forcés les assistés,
supprimer le droit à la retraite. Le cirque a assez duré,
tous ces planqués nous coûtent un pognon de dingue et
remettent en cause le casino de la Bourse].

Boris Vian, L'écume des jours, 10/18, 1963.

Alfred Jarry, Tout Ubu, Le livre de poche, 1962.

Toute ressemblance avec des faits et des personnages actuels ou ayant existé ne peut être que purement fortuite et ne peut être que le fruit d'une pure coïncidence.

Les interviews exclusives de Madame Cyber-Ubu © Joël Douillet, 2019.
Editeur : Books on Demand, 12/14 rond point des Champs Elysées, 75008 Paris
Imprimeur : Books on Demand, Norderstedt, Allemagne
Dépôt légal : avril 2019 ISBN : 9782322171293